Le Vaisseau du désert

DEC 1996

Le Vaisseau du désert

texte de Jean-Pierre Davidts
illustrations de Claude Cloutier

Boréal Maboul

Les Éditions du Boréal sont inscrites au Programme
de subvention globale du Conseil des Arts du Canada
et reçoivent l'appui de la SODEC.

Conception graphique : Gianni Caccia

Diffusion au Canada: Dimedia
Distribution et diffusion en Europe: Les Éditions du Seuil

Données de catalogage avant publication (Canada)
   Davidts, Jean-Pierre
   Le Vaisseau du désert
   (Boréal Maboul)
   (Les Mésaventures du roi Léon; 1)
   Pour enfants.
   ISBN 2-89052-777-8
   I. Cloutier, Claude, 1957-   . II. Titre. III. Collection. IV.
   Collection: Davidts, Jean-Pierre. Les Mésaventures du roi
   Léon; 1.
PS8557.A81856V34 1996   jC843'54   C96-940811-0
PS9557.A81856V34 1996
PZ23.D38Va   1996

1

Une étrange méduse

Autrefois, la Terre n'était peuplée que d'animaux, tous végétariens. Ceux-ci avaient pour roi un lion nommé Léon. En effet, personne d'autre que lui n'avait accepté de diriger le royaume. En remerciement, les animaux lui avaient bâti un somptueux palais. Chacun y travaillait un an à son service, à tour de rôle. Quant au roi, ses responsabilités consistaient à inventer des fêtes et à renouveler la réserve de confettis et de serpentins du palais.

Le jour où débute notre histoire, le roi Léon se disait: «Que la vie est ennuyeuse! La Fête des framboises s'est terminée hier et il faudra attendre encore trois jours avant celle des marguerites.»

Précisons que le roi Léon s'ennuyait tou- jours entre deux fêtes. En effet, il n'y avait

rien d'autre à faire qu'à s'amuser dans ce merveilleux royaume.

Pour tromper son ennui, le roi Léon décida d'aller se promener.

Le palais royal était construit dans un endroit bien agréable. À gauche poussait une grande forêt où l'on jouait à cache-cache. De hautes montagnes aux neiges éternelles se dressaient à sa droite. Enfin, derrière le palais, un terrible désert servait à organiser des concours de châteaux de sable.

Le roi Léon marcha droit devant lui et traversa la grande prairie qui menait au bord de l'océan.

En arrivant au pied de la dune derrière laquelle se fracassaient les vagues de la mer, il entendit un drôle de bruit. Pas *splache* comme l'eau qui frappe le sable, ni *slurpe* comme le sable qui avale l'eau. Non, cela ressemblait plutôt à « *frouche… frouche…*».

Intrigué, notre héros allait gravir la colline de sable quand, tout à coup, une boule grise surgit à son sommet. La boule était énorme, même si la dune en cachait la moitié. Surpris, il recula d'un pas et s'exclama:

— Une méduse!

Le roi Léon détestait les méduses. Les grosses surtout. Comme il était distrait, il en écrasait parfois une en se promenant sur la plage. Lorsque sa patte s'enfonçait dans la masse gélatineuse, tous les poils de sa crinière se hérissaient. Cela lui donnait un air de porc-épic parfaitement ridicule.

La méduse fit « *frouche… frouche…*» et monta un peu plus haut.

Le roi faillit rebrousser chemin, puis il réfléchit. Hors de l'eau, les méduses avaient plutôt tendance à se dégonfler, pas à gonfler. Bizarre! Finalement, la curiosité l'emporta. Afin d'en avoir le cœur net, notre royal lion escalada courageusement la dune à quatre pattes. Courageusement, mais prêt à détaler si la méduse faisait mine de vouloir l'attaquer. Après tout, on n'est jamais trop prudent!

2

Attachez vos ceintures!

Le roi Léon fut bien surpris en parvenant au sommet de la dune. En réalité, la méduse n'était pas du tout une méduse. C'était une sorte de gros ballon attaché à un panier. Un panier dans lequel s'apprêtait à grimper son Grand Chimiste en personne, le panda Vignon.

Le roi Léon dévala la pente sablonneuse en criant:

— Maître Vignon, Maître Vignon, attendez.

Entendant son nom, le Grand Chimiste se retourna.

— Bonjour, Sire. Quel bon vent vous amène?

Le roi avait couru tellement vite qu'il en avait perdu le souffle.

— Bonjour… pff, pff… Que faites-vous?

— Je m'apprête à découvrir l'atmosphère.

— L'atmosphère?

— Oui, c'est ainsi que les Grands Chimistes appellent l'air qui entoure la Terre.

— Ah!

L'étrange appareil qui se balançait dans la brise intéressait beaucoup plus le roi que ces explications savantes. Il demanda à Maître Vignon s'il comptait découvrir l'atmosphère dans le ballon. Cette question choqua le panda.

— Un ballon! Sachez, Majesté, que ceci n'est pas un ballon, c'est un GOL.

— Un GOL?

— Un *Grand Observatoire Léger*, si vous préférez. J'en suis très content. C'est pourquoi je l'ai baptisé «Fier».

Maître Vignon désigna les grandes lettres blanches qui marquaient la nacelle[1].

— C'est mon GOL «Fier».

Le roi Léon s'informa:

— Puis-je vous accompagner? Je m'ennuie tant au palais.

———

1. *Nacelle* est le nom qu'on donne au panier fixé sous les ballons.

— C'est que… avec tous mes instruments, il n'y a plus beaucoup de place.

— Je me ferai tout petit et vous promets de ne toucher à rien.

Qui aurait pu refuser quoi que ce soit à un roi si poli? Maître Vignon poussa son matériel afin que le roi puisse s'installer dans la nacelle. Une boîte carrée en fer-blanc était suspendue sous le ballon, au-dessus du panier. Maître Vignon prit un petit sac, l'ouvrit et versa une cuillerée de granules bruns dans la boîte.

Le roi demanda de quoi il s'agissait.

— De levure, Sire.

— De la levure? Quelle drôle d'idée!

Maître Vignon expliqua patiemment:

— Voyons, Majesté, réfléchissez. La

levure fait monter le pain, pourquoi pas un ballon?

— C'est juste! Je n'y avais pas songé. Puis-je en mettre un peu moi aussi?

Le Grand Chimiste lui tendit le sac:

— Tenez.

— Avec une bonne pincée, nous monterons plus vite.

— Non, pas tant que ça, Sire!

Maître Vignon voulut intervenir. Malheureusement, il se prit les pattes dans ses instruments. Puis il se cogna contre le roi Léon. Résultat, la levure se renversa à moitié dans la boîte, à moitié dans la nacelle.

Le GOL enfla d'un coup et fila comme une flèche dans les airs.

3

Un drame aérien

Tout s'était passé à la vitesse de l'éclair. Le roi avait à peine eu le temps de porter la patte à sa couronne pour ne pas la perdre.

Dans la boîte, la levure libérait du gaz à gros bouillons. Le Grand Chimiste se dépêcha d'en enlever un peu et le ballon cessa de monter. En bas, le palais n'avait plus que la taille d'une fourmi.

Ils étaient si haut que le roi en avait le vertige. Il cria:

— NOUS SOMMES PERDUS! Comment allons-nous redescendre maintenant?

— N'ayez crainte, Majesté. Après tout, je ne suis pas Grand Chimiste pour rien.

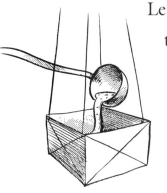

Le panda farfouilla dans son matériel. Il en sortit une casserole dont il souleva le couvercle. Une bonne odeur de soupe aux pois se répandit dans l'air autour d'eux.

Le roi Léon se lécha les babines:

— Mmh, excellente idée. J'avais justement un petit creux.

Sans répondre, Maître Vignon saisit une louche et versa un peu de soupe dans la boîte. Le ballon perdit aussitôt de l'altitude.

— C'est de la sorcellerie! s'exclama le roi.

— Pas du tout, Majesté. Vous n'ignorez sûrement pas combien la soupe aux pois est lourde pour l'estomac. C'est elle qui fait descendre le GOL.

Le panda Vignon dosa la levure et la soupe jusqu'à ce que le ballon se stabilise à une hauteur raisonnable. Ils volaient maintenant un peu au sud du palais. Un vent léger les poussait vers l'océan.

Le roi n'appréciait guère l'eau, surtout quand il y en avait autant.

— Nous nous éloignons. N'avez-vous rien pour diriger le GOL?

Un peu vexé, le Grand Chimiste grogna:

— Bien sûr que si. Pour qui me prenez-vous? Où voulez-vous aller?

— Ma foi, j'aimerais bien faire un petit tour au-dessus du désert.

— À vos ordres, Majesté.

Le panda fouilla de nouveau dans son bric-à-brac. Il en sortit un morceau de métal et le pointa vers le désert. Comme par magie, le ballon cessa de dériver vers la mer pour prendre la direction opposée. Maître Vignon expliqua:

— Ceci est du fer. Pour une raison que j'ignore, il est attiré par le nord. Voilà pourquoi nous nous dirigeons de ce côté.

— Fantastique! Mais pour revenir en arrière?

— J'utilise de la guimauve. Puisque le nord attire le fer qui est très dur, normalement, il devrait repousser la guimauve, tellement elle est molle.

— C'est logique, commenta le roi.

Le palais avait disparu depuis longtemps derrière eux. Le tapis doré du désert se déroulait en dessous du ballon. Cependant, malgré la hauteur et la brise, la chaleur ne cessait d'augmenter. Pour se rafraîchir, le roi Léon décida de retirer sa cape. Par malheur, le tissu s'entortilla autour d'une

espèce de crochet, au fond du panier. Le roi tira sur le vêtement pour le libérer. Rien à faire. Le tissu était bien accroché. Alors, bandant[1] ses muscles, il donna un grand coup à la cape.

— Attention, Sire! cria Maître Vignon.

Trop tard! Le crochet se détacha et le fond de la nacelle bascula sous les pattes des deux aéronautes[2]. Le roi n'eut que le temps de s'agripper pour ne pas tomber. La levure et la soupe aux pois n'eurent pas cette chance. Elles disparurent dans le vide.

---

1. *Bander ses muscles* signifie se raidir, mettre toute la force possible dans ses muscles.

2. Ceux qui voyagent en ballon s'appellent des *aéronautes.*

4

Naufrage
dans le désert

Assis sur le bord du panier face à Maître Vignon, le roi demanda:

— Que s'est-il passé?

Le Grand Chimiste le regarda d'un air furieux.

— Vous avez ouvert le fond de la nacelle. Maintenant, nous n'avons plus rien pour diriger le GOL.

— NOUS SOMMES PERDUS!

Le panda s'efforça de calmer le roi.

— Nous redescendrons quand la levure

aura cessé d'agir. J'ignore simplement où nous atterrirons.

Le ballon commença en effet à perdre de l'altitude peu après. Il finit par se poser en plein cœur du désert, sur le sable que le soleil impitoyable chauffait comme une poêle à frire. Les deux compères abandonnèrent le ballon pour s'enfoncer dans le désert. Le roi eut vite si soif que sa langue

pendait presque à terre. Maître Vignon ne s'en plaignait pas, car il en avait assez de l'entendre répéter: «Nous sommes perdus, nous sommes perdus!»

— Sire, j'ai aperçu une oasis par là, quand le GOL descendait.

— Alors dépêchons-nous ou il y aura du lion rôti pour dîner.

Chaque fois que le roi franchissait une

dune, il se disait: «C'est la dernière.» Mais de l'autre côté, s'en trouvait toujours une nouvelle. On aurait juré que l'oasis fuyait à leur approche. Au bout d'une heure, ils arrivèrent à un minuscule bouquet de palmiers au bord d'une mare. Le roi cria de joie et se jeta à l'eau la tête la première.

Les deux naufragés du désert burent longuement. Ensuite, ils s'assirent à l'ombre d'un grand palmier dattier pour se reposer. Le roi se lamenta:

— Nous voici perdus sur un îlot d'eau dans un océan de sable. Qu'allons-nous devenir?

— Arrêtez de vous alarmer, Majesté. Je suis sûr que tout finira par s'arranger.

Au moment précis où Maître Vignon

disait cela, les buissons s'agitèrent de l'autre côté de l'étang. La tête d'un chameau en sortit. Le nouveau venu s'écria joyeusement:

— Du monde!

— Du secours! s'exclama pour sa part le roi. Mon ami, vous ne pouvez savoir à quel point vous tombez à pic. Vous êtes notre sauveur!

Le chameau s'appelait Bill. Après avoir fait les présentations, le roi demanda anxieusement:

— Pouvez-vous nous ramener au palais?

— Sans difficulté, Majesté. Les chameaux sont renommés pour leur sens de l'orientation. Nous partirons dès que j'aurai fait le plein.

— Le plein?

Bill expliqua:

— Les bosses me servent de réservoir, mais il faut que je les remplisse de temps en temps. Je suis content de vous voir. Voilà des semaines que j'erre[1] dans ce désert qui n'en finit pas. Votre présence signifie que la

---

1. *Errer* veut dire aller ici et là au hasard.

civilisation n'est plus loin et que je suis
presque au bout de mes peines.

Le roi Léon interrogea Maître Vignon
du regard. Un chameau qui avait le sens de

l'orientation mais qui n'arrivait pas à sortir du désert! Voilà qui ne lui inspirait guère confiance. Malgré la chaleur, il ne put s'empêcher de frissonner.

5

Une curieuse expérience

Se déplacer à dos de chameau était moins fatigant que marcher, mais le véhicule manquait de confort. Le roi Léon glissait tout le temps en bas de sa bosse et sa couronne lui tombait sans cesse sur les yeux. De plus, les secousses malmenaient son estomac qui avait la fâcheuse tendance à lui remonter dans la gorge. Le roi grommela que c'était bien la dernière fois qu'il se promenait en chameau Bill.

Ils voyageaient depuis près de deux heures quand Bill annonça:

— Nous arriverons bientôt à une oasis où nous ferons halte.

Leur monture ne mentait pas. La couronne verdoyante des palmiers s'éleva bientôt au-dessus de l'étendue de sable.

Maître Vignon se retira à l'ombre d'un arbre pour se rafraîchir pendant que Bill prenait un peu de repos. Le roi Léon, quant à lui, préféra se dégourdir les pattes en inspectant l'oasis. C'est ainsi qu'il découvrit une piste du côté opposé à celui d'où ils étaient arrivés. Il courut l'annoncer à ses compagnons.

Bill déclara:

— Beaucoup plus de monde qu'on le croit se promène dans le désert. J'ai moi-même croisé plusieurs pistes durant mon voyage.

Cela dit, il décréta que le moment était

venu de repartir. Maître Vignon et le roi se réinstallèrent donc pour une nouvelle étape.

Une troisième oasis surgit des sables deux heures plus tard. Le Grand Chimiste interrogea Bill:

— Ce désert est vraiment bien ordonné. Vous ne trouvez pas curieux de rencontrer ainsi une oasis toutes les deux heures?

— Je me suis déjà posé la question. Mais je n'ai pas trouvé d'explication.

Maître Vignon réfléchit au mystère tandis que le roi repartait en tournée d'exploration. Il revint presque aussitôt, tout excité.

— J'ai encore trouvé une piste. Nous ne sommes sûrement pas loin du palais.

Le panda fronça les yeux et dit:

— Mmmh, étrange. Prêtez-moi donc votre couronne, Sire, j'aimerais vérifier quelque chose.

— Tenez, mais faites-y attention, elle est presque neuve.

Une fois que Bill se fut reposé, le trio reprit sa traversée. Ils voyageaient depuis une vingtaine de minutes quand le roi s'adressa à Maître Vignon:

— Pourriez-vous me rendre la couronne à présent? Le soleil me tape sur la tête.

— La couronne, Majesté? Mais je ne l'ai plus.

— Comment cela, vous ne l'avez plus?

— Je l'ai laissée à l'oasis.

— QUOI!!! Vous êtes fou! Une couronne qui n'a pratiquement jamais servi. Il faut tout de suite faire demi-tour.

— Nous sommes trop loin maintenant, Sire. Si vous voulez, je peux fabriquer un turban avec votre cape. Il vous protégera des ardeurs du soleil.

Le roi ronchonna contre les savants et leurs expériences qui tournaient toujours de travers, mais il fut bien obligé d'accepter.

Après deux heures de marche, ils arrivèrent à une quatrième oasis. Le roi Léon descendit aussitôt et se mit à faire les cent pas.

— Qu'avez-vous, Majesté? s'informa le Grand Chimiste.

— Il y a que je suis ridicule sans couronne, la cape enroulée sur la tête. Je vais être la risée du palais à notre retour.

— Je crois que je peux régler ce problème sans difficulté.

Les yeux du roi s'illuminèrent.

— Vraiment?

— Voyez-vous le petit palmier, là, à droite? Creusez donc le sable à sa base.

La requête[1] était bizarre. Néanmoins, le roi Léon fit comme on le lui demandait. Il fut bien surprise quand, à dix centimètres de profondeur, il déterra sa couronne!

---

1. Une *requête* est une demande.

6

Il coule,
il coule, le navire

Le roi Léon ne revenait pas de sa découverte.

— C'est de la sorcellerie! Comment ma couronne est-elle arrivée là?

— Très simple, Majesté. Cette oasis est la même que la précédente, et que celle d'avant. Nous n'avons pas avancé d'un pas. Nous tournons en rond depuis ce matin.

— Nous tournons en rond! Je le savais. NOUS SOMMES PERDUS! Qu'allons-nous faire? Je ne vais pas manger des dattes le restant de ma vie. Je finirai par attraper des boutons! Trouvez quelque chose. Après tout, c'est vous le savant.

— Calmez-vous, Majesté, je m'en occupe.

Maître Vignon s'approcha de Bill et lui souleva l'oreille gauche pour en examiner l'intérieur.

— C'est bien ce que je pensais. N'avez-vous pas la tête qui tourne parfois?

— En effet, répondit le chameau, il m'arrive d'avoir des vertiges. Surtout après avoir bu.

— Pas étonnant, vous avez une fuite.

— Une fuite!!!

— Il y a de l'eau dans votre oreille. Le fond est sans doute percé et l'eau de vos bosses s'y infiltre. Cela dérègle le petit organe qui aide à garder l'équilibre. Vous ne marchez plus droit parce que vous penchez à gauche. Voilà pourquoi nous tournons en rond.

Le chameau frémit:

— C'est terrible. Moi, le vaisseau du désert, avoir une fuite!

Le roi Léon leva les pattes au ciel.

— NOUS SOMMES PERDUS! Nous allons tous mourir dans ce désert vide où il n'y a personne. On se demandera toujours ce que je suis devenu.

— Calmez-vous, Sire. Je crois avoir la solution. J'ai aperçu des palmiers à cire. Avec la cire, nous boucherons le trou. Nous pourrons repartir dès que l'oreille sera sèche.

Le Grand Chimiste se mit à l'œuvre. Il secoua les feuilles d'un arbre pour en recueillir la cire. Ensuite, il fabriqua une petite boule qu'il enfonça dans l'oreille de Bill.

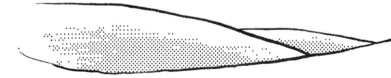

— Comment vous sentez-vous?

— En pleine forme. Tout le monde
à bord.

7

Tout est bien qui finit bien

Grâce à l'astuce de Maître Vignon, nos trois naufragés regagnèrent peu après le palais.

— Vous voyez, Majesté, il ne sert à rien de s'énerver. Quand on garde la tête froide, on finit toujours par trouver une solution.

— Vous avez raison, Maître Vignon. Je m'efforcerai d'y penser la prochaine fois.

On organisa sur-le-champ une grande fête pour célébrer le retour du roi. Bill accepta d'emmener ceux qui le désiraient faire un petit tour de désert à dos de chameau. Pour le récompenser de les avoir ramenés sains et saufs, le roi Léon le nomma «Vaisseau du désert royal».

Une semaine plus tard cependant, Bill eut la nostalgie des grandes étendues de sable. Il décida que le moment était venu de repartir. Maître Vignon lui remit un petit sac en cadeau.

— Je vous ai préparé d'autres boules, au cas où vous en auriez besoin.

Il lui en glissa une neuve dans l'oreille.

Bill remercia ses amis. Puis, pauvre chameau au cœur solitaire, il s'éloigna dans le soleil couchant.

Le roi Léon se mit à sangloter.

— Qu'avez-vous, Majesté?

— Bouh hou hou. Nous ne le reverrons plus jamais, je le sens. Bouh hou hou.

— Allons, allons, Sire, calmez-vous. Vous vous énervez encore pour rien.

— Snif, snif. Vous croyez?

Le panda Vignon sourit malicieusement.

— Oui. J'ai l'intuition qu'il sera bientôt de retour au palais.

— Comment cela?

— Eh bien! gardez cela pour vous, mais les boules que je lui ai données ne sont pas en cire. Je les ai fabriquées avec du sucre. Et devinez ce que le sucre fait au contact de l'eau…

Est-ce vrai ?

Non, les bosses du chameau ne sont pas pleines d'eau. Elles contiennent de la graisse. Avec l'oxygène de la respiration, la graisse se transforme en eau. C'est cette eau qui aide le chameau à survivre dans le désert.

Oui, il existe bien une variété de palmier à cire. La cire tombe des feuilles quand on les secoue. Ce palmier pousse dans les Andes, en Amérique du Sud. On se sert surtout de la cire pour fabriquer des bougies.

Non, la levure ne peut pas faire monter un ballon. La levure est un petit organisme de la grosseur d'un microbe. En présence de sucre, elle produit du gaz carbonique. La pâte du pain gonfle parce que le gaz cherche à s'échapper.

Oui, le fer aimanté est attiré par le pôle nord magnétique. L'aiguille de la boussole contient du fer. C'est pourquoi elle indique toujours le nord. La guimauve, elle, n'indique rien du tout. Mais qu'elle est bonne avec du chocolat!

ACHEVÉ D'IMPRIMER EN AOÛT 1996
SUR LES PRESSES DE AGMV,
À CAP-SAINT-IGNACE (QUÉBEC).